まだ愛してくれますか

採　恵末 Sai Megumi

文芸社

まだ愛してくれますか

1

――ピンポーン――

またベルが鳴る。

もう夜中の二時である。

〝またか！〟

そう思いながらも、健治は笑顔で隣の部屋に行った。

裕子は、まだ眠れずに起きている。

「眠れないの。睡眠薬ちょうだい、だめ？」

睡眠薬の催促である。

健治は、裕子に睡眠薬を与えるのを躊躇した。

以前も、眠れないからと言うので、医者の処方通りに与えたのだが、現実と夢との境がなくなり、まるでもって訳の分からないことを言いだしたのである。健治を健治としてみることができなくなり、まるで、赤ん坊が父親に甘えるように騒ぎだしたのだ。

健治はそれを思い出すと、薬を与えることはできなかった。もし、このまま裕子に睡眠薬を与え続けると、本当に現実に戻らず、弱っていくような気がした。それを考えると、健治は裕子に、睡眠薬をできるだけ飲まないように言い聞かせることにしている。

「裕ちゃん、睡眠薬はやめよっ。ね！」

「でも、眠れないんだもん」

裕子は、ちょっとむくれてみせ、健治を困らせた。しかし健治は、それでも与えなかった。

そして健治は、もう一度よく言い聞かせ、隣の部屋に行きベッドに入った。

2

まだ、夜も暑く寝苦しい。そんな日が何日も続いていた。

桜木健治と赤羽裕子が、同棲を始めて二カ月が経っていた。

裕子は夏の疲れか、また、初めての同棲生活のためか、体力を相当消耗していた。しかし、裕子の体調がかなり悪くなっていたのを、健治はまったく気がつかずに、その日も残業をしていた。

健治は、一日も早く裕子と結婚式を挙げるために、毎日残業をして頑張っている。そんな健治を、裕子はとっても愛していた。

テレビで午前一時の時報が鳴った。

「もう一時か！　明日の朝も早いのに。健ちゃん、体大丈夫かな？」

そんな独り言を言いながら、裕子は夕飯も食べずに健治を待っていた。

——ガチャ！——

玄関のドアが開いた。

健治が帰ってきたのである。

裕子は、すぐに玄関に行き、健治を出迎えた。

「お帰りなさい、お腹すいたでしょ」

裕子はそう言ってすぐに夕飯を出し、そして風呂場に行き、湯船に湯を張った。

健治は少し疲れていたが、裕子を抱き寄せて軽くキスをし、お礼を言った。

「裕ちゃんありがとう。いつも待っていてくれて。ご飯一緒に食べよ」

そう言って、健治は食卓についた。

裕子は幸せそうに目を輝かせ、一緒に健治と食事をした。

〝幸せ〟

裕子は、本当に心からそう思っていた。

健治は裕子に、今日の仕事場での出来事やこれからの二人の将来を、食事をしながら嬉しそうに語った。

そんな二人が知り合ったのは、裕子が勤めていたラーメン屋だった。

最初はただ昼食を食べにいっていただけの健治だが、一生懸命に働いている裕子の姿が、あまりにも可愛らしく思えて、またその姿に元気づけられるようになったのである。

いつしか、健治は夜も通うようになり、だんだんと裕子と付き合うようになっていった。

健治は食事を済まして、風呂へ入りに行った。そして服を脱ぎ、浴室に入ろうとしたときである。

——ガッタン！——

キッチンのほうから、すごい音がした。

健治は驚き、キッチンへ行ってみると、そこには、裕子が倒れていた。

健治は、あわてて裕子を抱き起こして叫んだ。

「裕ちゃん！　裕ちゃん！」

3

遠くのほうから、サイレンが聞こえる。

〝まだか、早く、早く〟

健治は、心の中で叫んだ。

時間が経つのが、遅く感じる。まるで映画の中の一場面のように、すべてがスローである。

自分の声も聞こえない。聞こえるのは、救急車のサイレンだけである。

サイレンが止まった。

来たのか？　いや、それともまだなのか？

「病人はどこですか？」

救急隊員の声がする。しかし、健治はすぐにはその声に反応することができなかった。

「急げ！」

急に手から重力が消えた。

健治は、我に返ったように救急隊員を見て、そして裕子が突然倒れたことを告げた。

裕子は口から泡を吹き、言葉も出せずに、ただ口をパクパクしているだけである。

「大丈夫ですか？　すぐに病院に行きますからね、しっかりしてください」

救急隊員は、裕子に声をかけながら救急車に運び込み、病院へ急いだ。

声が聞こえる。

〝どうしたんだろう、体が動かない。なんだか手が痛い？　点滴をされている……〟

裕子は目を開け、周りを見ようとした。だが、病院のベッドに寝ていることを自覚するまでに、少し時間がかかった。

〝病院？　なぜ？　私、どうしたんだろう〟

裕子は、なぜ自分が病院で寝ているのかが、まだ分からなかった。しかし、不安になっている裕子は、目だけを動かして、誰かを捜した。

「裕ちゃん、大丈夫？」

健治の声がした。

裕子は健治の声がするほうに、目だけを動かして、頷こうとした。

「うん、大丈夫。それより健ちゃん、本当にごめんね。明日も早いんでしょ？」

健治の声を聞いて、裕子は落ち着きを取り戻したようである。しかし、舌が思うように回らない。それでも一生懸命にしゃべって、健治のことを気遣っていた。

健治は、こんなになってもまだ自分のことを真っ先に心配してくれている裕子をいとおしく思い、涙が浮かんできた。

「大丈夫だよ。それよりか、早く元気になってね。裕ちゃん」

健治は心配そうに言い、医者を見た。

「どうでしょうか？」

医者は、健治のほうに向き直り、別室に呼んだ。

健治は別室に入り、椅子に腰掛けた。

医者は険しい顔をしている。

「そんなに悪いんですか？」

恐る恐る健治は、医者に聞いた。

医者は健治を見て、重そうに口を開いた。

「まずお聞きしますが、あなたたちは、まだご結婚をされてはおられないですよね。彼女のご両親は、どちらにおいでですか？」

健治は病名とか、今、裕子がどういう状況かを教えてくれるのかと思っていたが、こんなことを聞いてくるのかと思い、少しむっとしながらも、質問に答えた。

「はい、まだ籍には入っていませんが、いずれは籍を入れるつもりです。彼女の両親は、立川におりますが、先生、裕子はどうなんでしょう？」

健治は医者に、一生懸命に聞いた。

「そうですか！　本当は家族の方にしか説明ができないのですが、あなたの言葉を信用して説明をいたしますが、必ず明日には家族の方に連絡を取ってきてください。まず、裕子さんは実に珍しいことですが、脳梗塞です」

「えっ、脳梗塞ですか？　普通それは、お年寄りのかかる病気ですよね」

健治は驚き、そして医者に聞いた。

「はい、若い人でなるのは珍しいことですが、しかし、絶対かからないということではありません。実際に三十代でかかった人もおります。失礼ですが、裕子さんはずいぶんと無理をなさったんでは……」

医者にそう言われ、健治は裕子との生活を思い出していた。

同棲を始めて二カ月であるが、裕子はまるで女房のように、献身的に尽くしてくれていた。

朝は早くから起きて弁当を作り、そして健治を見送った後、家事を済ませて、健治と知り合ったあのラーメン屋で働いていたのである。

もちろん健治も、休みの日には家事を手伝い、そしてよく二人で一緒に夕食の支度をしたりしていた。傍から見れば、新婚そのもののようであった。

しかし、裕子は健治と知り合ったときは、ややぽっちゃり型で、健康そのものといった感じであったが、体調に異変を感じていた。

今までは、耳鳴りや便秘といったことはなく、まして体がふらついて倒れそうになったことなどなかったが、健治に心配をかけないようにと気を使い頑張っていた。だが、そんな裕子も、今ではすっかり痩せて、たまに物を落とすことなどもあったのだが、健治はあまりに幸せな毎日を過ごし、裕子の体調が悪くなっていたことに、何も気がついていなかった。

もし早く気がついていれば、こんなことにはならなかったかと思うと、健治は後悔ばかりが先に立った。

「脳梗塞になる原因はいろいろありますが、まず脳血栓、脳塞栓、という言葉をご存知ですか？　いずれも、脳の血管が詰まったり、細くなったりする状態ですが、脳血栓とは、脳の血管に動脈硬化などの変化が起こり、そのような部分に血液が固まって血管が細くなったり、詰まった状態を言います。

脳梗塞とは、心臓や心臓を出てから脳に至る前の血管の中で血液が固まって血栓ができ、これが血液の流れに乗って脳の血管に入り込み、脳の血管を詰めてしまう状態なのです。そして血液が不足し、脳の組織を梗塞し、いろいろと障害をきたすんですが、裕子さんは麻痺や痺れ、言語障害など見られませんでしたか？

糖尿もこういったことを起こす引き金になりますが、明日の検査結果を見てということで、とにかく明日、家族の方と一緒に来てください」

医者はそう言って、席を立った。

健治は病室に戻って、裕子にまた明日来ることを告げ、いったんアパートに帰った。

アパートに帰り時計を見ると、もう朝の七時である。

健治は受話器を取り、裕子の実家に電話をかけた。

「もしもし、赤羽さんのお宅でしょうか？　私、桜木と申しますが」

「はい、赤羽でございます」

とても品の良い声がした。

裕子の母の里美である。

里美が出るなり健治は緊張と申し訳なさで、胸がいっぱいになり、言葉に詰まった。しかし、裕子のことを伝えなければならない。

健治は気持ちを落ち着かせようと、深呼吸をした。

受話器の向こうでは、里美がそんな健治を不審に思い、裕子に何かあったのかと察したようだった。

「健治さん、どうかしたんですか？　裕子に何か？」

健治は、今日の夜中に裕子が倒れて、入院をしたことを話した。

健治の知らせを聞いた里美は驚き、自分の耳を疑うように聞きなおした。

「はい、本当に申し訳ありません」

健治は何回も里美に謝った。

里美は、健治から入院先を聞くとこれからすぐに病院へ行くことを告げ、電話を切った。

これでまずは一安心をし、後は会社に裕子が倒れたことを報告して、今日一日休みをもらうことにした。

健治は、裕子の着替えや入院に必要なものを揃えようとしたが、どこに何があるのか、まったくもって分からないことに気がついた。

〝今まで自分は、何をやっていたのであろうか。これでは、裕子に頼りっぱなし

ではないか。裕子が倒れるのも、無理はない〃

健治は、今まで自分ではずいぶんと協力していたつもりでいたのに、現実はそうではなかったことをつくづく感じて、新たな涙がこみ上げてきたのである。

しかし、べそをかいている場合ではない。とりあえず箪笥《たんす》から適当に着替えを選んで、病院へと急いだ。

病院に着くと、裕子の母の里美も、もう来ていた。

里美は裕子に似て背が低く、ややぽっちゃり型である。

その母が、健治を見るなり、駆け寄ってきた。

「健治さん、先生はなんて?」

「はい、脳梗塞だと言っていましたが……」

やっとの思いで、言葉を出してみたが、後の言葉が続かないでいる。

里美は、優しく健治の背中に手を回してなでた。

健治は里美の優しさに、張っていた気持ちも解れ、安堵感からまた涙ぐみながら、これから検査結果を医者に聞きに行かなければならないことを里美に言って、二人はナースステーションへ急いだ。

ナースステーションでは、あわただしく看護師たちが動き回っている。

「すみません！　三〇二号室の赤羽裕子の身内のものですが、担当の先生に今日、検査結果が出るからと言われていたのですが。先生は、おられないでしょうか」

「あっ！　赤羽さんのご家族の方ですね。今、先生は回診中ですので、待合室でお待ちください」

二人は看護師に言われて、待合室で待つことにした。

健治は何をどう言っていいのか分からずに、タバコを取り出した。

「健治さん、ここは禁煙よ」

里美に言われ、健治はタバコをポケットにしまった。そんな健治を見て里美は、気持ちを落ち着かせようと、話を始めた。

「あの子は、むかしっから一人で頑張りすぎる子だったのよ。小学校の学芸会のときもそう。みんなにいいようにおだてられて、馬鹿みたいに一人で頑張って、劇の準備をしてね。当日は疲れすぎて、熱を出して休んでしまったりしてね。きっと今回も、健治さんとの暮らしがよほど嬉しかったのね」

里美は、遠くを見るような目で言った。

健治は、その話を黙って聞きながら、里美を見ていた。

二十分ぐらい経っただろうか。看護師が二人を呼びにきた。

「赤羽さん、先生がお話ししますので、こちらのほうへお願いいたします」

二人は、裕子の病状を考えると、足取りが重くなっていた。だが、立ち止まるわけにもいかずに、ようやく歩いている感じで、看護師の後に付いて歩いていった。

二人は相談室に入ると、まるで申し合わせたかのように、そろってため息をついた。すると続いて、医者が部屋に入ってきた。

医者は二人を見て、そして椅子に座った。

「どうぞ、お掛けください。今回、担当医になった遠藤です。まず裕子さんの病名ですが、脳梗塞です。どうやら裕子さんは、糖尿病が引き金になったようですね。糖尿病は遺伝的な体質に加えて、過食・飽食と運動不足、肥満、ストレスなどの環境因子が作用して発症しますが、お母さん、ご家族の方に糖尿病になっている方はおりませんか？

えー、まずこのＭＲＩの写真を見てください。この影が分かりますか？　この部分が脳梗塞になったところです。この場所というのがちょっと厄介なところで、大脳と小脳の間で、核というところです。この場所にできると、運動障害、言語障害といった、もろもろの障害が出てくると思いますので、覚悟の程をしておいてもらいたいのですが……」

主治医の遠藤は、淡々と説明をしていった。

里美はあまりのことに気が動転し、遠藤の声が、まるで遠くのラジオが何かを言っているような感じにしか聞こえない。

〝なんだろう？　この人、何を言っているのかしら〟

里美は、呆然とした顔で聞いている。

健治はそんな里美を気遣いながら、遠藤の話を聞いていた。

要はこれから始まる三カ月の治療とリハビリでどこまで裕子が治るかである。

今の日本の医療システムだと、なぜか三カ月しか入院ができないらしい。もし治らない場合は次の病院、といったふうにたらい回しにされるのであるが、なぜこの国がそういったことになってしまったのか、不思議でならない。今は、そんなことを言っていてもしょうがないが、実に理不尽な話だと思った。

遠藤の説明が終わり、二人は席を立ち、病室に戻った。裕子は点滴をうたれて、ぐっすり眠っている。薬が効いているのか、それとも今までの疲れが出たのだろうか。二人はそっと病室を出て、近くの喫茶店に行った。

初めてである。裕子の母と、二人だけで話をするのは。まさか、こんなことになってそういう機会を持つことになろうとは、夢にも思わなかった。

健治は、里美に裕子の父、一志の病状を聞いた。

「お義父さんの具合は、どうですか？　かなり悪いのでしょうか」

「はい。最近は、目を離すとすぐになんでも口に入れてしまうんです。今日は、嫁の明子さんが見ていてくれているのですが」

里美は、気が重そうである。そんな状況で裕子の面倒をみることは難しいであろう。だが、健治も昼間は仕事に出てしまう。

これでは、裕子が退院をしてきても、本当に世話をすることができるのであろうかと健治も考えてしまう。だが、里美は困った顔をしているだけで、どうしようもないようであった。

嫁の明子が、どこまで一志の面倒をみてくれるのか、そして裕子まで病気で帰ってきては、明子が決していい顔をしないだけでは済まないのが分かっている。

「裕ちゃんから聞いていたのですが、明子義姉さんは、とっても気が強いみたいですね」

健治はそう言って、里美を見た。

「とりあえず、また明日時間を作って役所に行って相談をしてみます。たしか、障害者の認定が下りれば、市からも援助をしてもらえると思いますので。また、あと介護保険についても調べてきますから、お義母さんは安心して僕に任せておいて下さい」

健治は里美にそう説明し、安心をするように言った。

「本当に健治さん、すみません。私たち親がしなければいけないのに、何から何までやっていただいて、本当にすみません」

里美は、何度も頭を下げていた。

翌日、健治は仕事の都合をつけて、役所に行ってみた。初めてのことで、身障者の手続きをするということは、実に大変なことだった。まして、裕子とは、まだ籍が入っていない。

役所の人は怪訝な顔をして健治を見るだけで、本気になって話を聞こうとしなかった。だが健治は、必死になって相談をしようとしていた。すると、奥に座っていた人が立ち上がり健治のほうに歩いてきた。

「どうしました？」

ようやく話が分かりそうな人が来てくれたおかげで、健治はほっとして話しはじめた。

「分かりました。しかし、この介護保険とは、四十歳以上でないと対象外になってしまうんですよ。まずは、障害者手帳の手続きをしてください。申請をしてから交付まで一カ月はかかりますので、早くしたほうがいいと思いますよ。まずこの身体障害者手帳交付用の診断書の用紙に病院で記入してもらってください。後は、ここに書いてあるように交付申請書と写真ですね。それから、障害手当を受ける手続きをお願いしますね」

健治は書類をもらい、病院へ行った。

4

早いもので、裕子が入院をして一カ月が経っていた。病院では、健治はもう顔なじみである。

看護師たちは、健治と裕子の仲のよさを微笑ましそうに見ている。

「健ちゃん、今日はどう？　仕事のほうは大丈夫？」

裕子は、言葉はだいぶ元に戻ってきていたが、体はまだ動かずにいる。

いくらまだ若いと言っても、脳の血管の一部が完全に閉塞をしていれば、まず回復の見込みはない。

もし早期発見ができていれば治療方法もあったのだが、今となってはリハビリによって、どこまで動けるようになるかだ。しかし、現時点ではなんとも言えない状態である。

「裕ちゃん、今日のリハビリはどうだった？　痛かった？」

健治は少しでも早く動けるようになることを祈り、裕子に聞いた。

「うん、痛かったよ。でも早く治して、また健ちゃんのご飯を作らなくちゃ、ね。ねえ、ちゃんと毎日食べている？」

裕子は、自分がこんな体になっても、まだ健治の心配をしている。

だが、薬の副作用のせいか、たまに奇怪なことを言っては、健治を困らせもした。

裕子は、時々、自分がどこにいるのか分からなくなるようである。

また、夢か現実かの区別がつかなくなるのか？　なんだか、体がおかしく感じるのか？　急に騒ぎだす。

「何、なんなの？　足の上を何かがはいずっている。健ちゃん！　ねえ、健ちゃん！　早く捕って！」

裕子は、健治が何も載っていないことを説明しても、信用しないのである。そして、そのうちに、大きな声で泣くのである。

このことを医者に聞いたら、「感情失禁です」という。

感情失禁とは、自分の感情を抑えることができなくなるという、要するに怒りたいときは些細なことでも怒りだし、そして笑いたいときは、まるで子供のように笑うことらしい。

「赤羽さん大丈夫ですか？　では、体交（体位交換）をしましょうね。いいですか？」

看護師は慣れた手つきで、裕子の体の向きを変えた。こうすることによって、床ずれを防ぎ、また気分も変わるのである。

健治は裕子にまた明日来ることを約束して、帰った。

しかし、いったいこの先どうなっていくのだろうかと思うと、突然やるせなくなり、健治は一軒のスナックに入った。少し飲めば、気も晴れるかもしれないと思ったのである。

「いらっしゃい」

スナックの女の子が、カウンターの中から出てきた。

「どうぞ。カウンター、ボックス、どっちにする?」

この店は、小さいながらもボックスが二つある。照明がやや落としてあり、室内は薄暗い。女の子が二人に、あとはママがカウンターで客と話をしている。

健治は、ボックスでゆっくりとすることにした。女の子が、おしぼりとメニューを持ってきて、何にするか聞いてきた。

「ビール!」

健治は一言言うとため息をつき、そして腰を深く沈めた。

「お客さん、初めてね。あたしリナっていうの、よろしくね」

リナは、そう言って健治の隣に腰掛けて、持ってきたビールをグラスに注いだ。

健治はそっけなく頷き、グラスを少し眺めている。

「お兄さん、だいぶ疲れてるみたいね。仕事、大変か？」

しかし、その声は健治の耳には入ってこない。そして、眺めていたグラスのビールを一気に飲む。まるで何かを振り切るように立て続けに……。

それを見ていたリナが言った。

「お兄さん、お酒強いね」

少し落ち着いた健治は、リナを見て、その言葉遣いにちょっと驚いた。

〝外国人？〟

リナは健治の様子を見て、にっこりしながら言った。

「お父さん、日本人。でもお母さん、フィリピン人ね。ねぇーお兄さん、私も飲んでいいですか？」

そう言ってリナも飲みはじめた。

どのくらい飲んでいたのであろうか？　気がつくと、アパートで寝ていたのである。

「頭が痛い、何時だ？」

独り言を言いながら時計を見ると、明け方の五時である。

まるっきり記憶がなくなっている。

健治は頭を抱えて、自分はいったい何をやっているんだ、と思った。

とにかく顔を洗い、そして気を取り直して、スケジュール表の今日の日程を見た。

今日は店舗の打ち合わせが、夕方の四時からである。

〝これでは、仕事が終わってからだと病院に行くのが遅れるな〟

健治は裕子のことを思いながら支度をし、家を出た。

事務所へは、健治のアパートからだと、一時間ぐらいだった。いつもは車で行くのだが、帰りの混雑を考えると電車で行ったほうが早く病院へ行ける、と思った。

健治は急いで駅へ向かった。駅はまだ朝が早いせいか、ほとんど人はいない。

いつもだと、学生でいっぱいである。

電車もこう空いていると、たまにはいいものだと思う。

健治はベンチに腰掛けて、新聞を読みはじめた。すると、駅のアナウンスが鳴り響いた。

〝来たか！〟

健治は立ち上がり、電車に乗り込み、座席に腰を掛けた。

電車だと事務所がある八王子駅までは、吉祥寺駅から四十分ぐらいであろうか。

健治は、目的地の駅まで少し眠ることにした。

裕子が入院をしてから何かと忙しく、健治は寝不足の毎日が続いていた。そのためか、座るとすぐに眠ってしまう。電車は、八王子に到着した。しかし、健治は眼を覚まさずに次の駅まで行ってしまった。

〝しまった！　寝過ごしたか。疲れきっている。裕子がまだ病院にいて完全看護をしてもらっているというのに、今から自分がこれだけ疲れていては、果たして在宅看護ができるのだろうか〟

自分でも疑問に思ってしまう。そんなことを考えながら事務所に行ってみると、まだ朝が早いのか、誰も来ていない。健治は、お客さんとの打ち合わせのために必要な書類を、整理しはじめた。するとそこに、所長が入ってきて健治を見た。

「おっ、早いな。どうだ、今日の打ち合わせは、大丈夫か？　今日の結果で仕事が決まるからな、がんばってくれ」

所長は、健治の肩を叩いて、所長室に入っていった。

健治は返事をして、また書類の整理を始めた。

5

夕食の時間である。

裕子は、かろうじて動くほうの左手で、食べられるようになっていた。しかし、動くと言ってもまだ、やっと動く程度のことである。そんな状態でスプーンを使っているものだから、ほとんどがこぼれてしまう。

口に入るのは、ほんの一口程度である。

裕子はこの食事の時間が、一番惨めになってくる。

首からよだれ掛けのようなものを着け、ぼろぼろとこぼしながら食べていると、これではまるで幼児と同じではないかと思い、情けなくなって、涙が出てくる。

ある程度食べ終わり、もういらないと言うと、看護師が片づけてくれた。

裕子は、一日も早く病院を出たくなっていた。

夕食が終わってから就寝時間までは、まだ三時間もある。さらに、就寝時間だからと言って、すぐに眠れるわけでもない。裕子は、時間を持て余していた。そうすると、どうしても考えてはいけないことまで考えてしまうのである。だから、健治が来るのが、待ちどおしくてしようがない。

時計を見ると、もう八時半を回っている。いつもなら、健治はとっくに着いている時間である。

「どうしたんだろう、健ちゃん。ねぇ、看護師さん、健ちゃんに電話をしてみて、お願い」

近くを通った看護師に、裕子は頼んだ。

そのときである。

健治が、息を切らして病室に入ってきた。

裕子は健治を見るなり、安堵感と苛立ちで怒りだしてしまった。

「遅い！　何やっていたのよ。もう、馬鹿」

「ごめん、打ち合わせが長引いてしまって。大丈夫？　裕ちゃん」

「大丈夫じゃない！　あたしより、そんなに仕事が大事なの？」

健治は、裕子に謝りながら一生懸命になだめて、今日の仕事の話をした。

「ごめん！　仕事より、裕ちゃんのほうが大事に決まっているじゃないか。でもね、ある程度働かないと、裕ちゃんに美味しいものを食べさせてあげられないから。ねっ、今日のお客さんは、美味しいお菓子屋さんなんだ。今は病院だから駄目だけど、退院したら、もらってきてあげるからね」

裕子は、大好きなお菓子の話になって、ようやく落ち着いた。そして、健治と笑顔でおしゃべりを楽しんだ。しかし、就寝時間の九時が迫っている。

裕子にとっての三十分は、あっという間であった。

看護師が見回りに来た。そして、二人が楽しそうに話し合っているのを見ながら、

「赤羽さん、楽しんでいるところ、ごめんなさい。さっ、寝る時間よ」

看護師は健治を見て、帰るようにうながした。

「じゃ、裕ちゃん、寝る時間だから帰るね。明日は、早く来るからね。待っていてね」

裕子はしぶしぶと頷き、明日は本当に早く来てくれるように、健治に頼んだ。

健治は裕子に約束をして、看護師に裕子のことをくれぐれも頼んでアパートに帰った。

「十時か」

健治は一言つぶやき、テレビをつけた。何か、ドラマが始まっている。

冷蔵庫から缶ビールを一本取り出し、一気に飲み干した。そしてまた、もう一本冷蔵庫から缶ビールを取り出し、ソファーに腰掛けて、飲みながらテレビを見た。

「リナか……、可愛かったな」

昨日行った店の娘を、思い出していた。

浮気を考えているわけではないが、何かがつまらないのである。

裕子が元気なときは、こんなことを考えもしなかったのだが……。

裕子の母にはあのように言ったものの、今さら疲れたとも言えないし、だからと言ってもちろん、もう愛してはいない訳でもない。ただ、疲れきっているだけなのかもしれない。

健治は、自分に対して言い訳をするように、

「夕飯を食べにでも行くか」

そう言って、またスナックに足を運んだ。

リナは健治を見るなり、すぐに寄ってきた。

「いらっしゃい。健治、待ってたよ」

そう言いながら、健治の腕に自分の腕を絡ませて、ボックスに案内をした。

健治はソファーに体をうずめるように座り、ビールを頼んだ。

リナはビールとお通しを持ってきて、健治の横に座る。

「なんか、いつも疲れているね。大丈夫か?」

久しぶりに、嘘でも優しい言葉をかけられると、その気になってしまうものだ。

健治は、ビールを飲みながら、リナといろいろな話をした。

スナックを出たのは、夜中の一時である。まだ、駅の周りは明るい。酔っ払いが、何やら一人で騒いでいる。「もう一軒行こうか」と言いながら、次の店を探す人たちもいる。

町に夜はない。

昼は太陽の明かりが輝き、夜は、ネオンが輝いている。そんな町は、今の健治にとって眩しく感じた。

一人のサラリーマンが、呼び込みの女の子と話をしている。そんな景色も、今の健治にとって無縁の世界であった。

ふらふらと歩きながら、一軒のラーメン屋を見つけ、中に入った。

「いらっしゃい！」

健治はカウンターに座り、メニューを見る。

「何にしましょう」

若い女の子が水を差し出しながら、注文を聞いた。

「ラーメン」

健治はそう注文すると水を一杯飲み、タバコに火をつけた。

「お待ちどおさま。熱いから、気をつけてお召し上がりください」

女の子がそう言って、ラーメンを差し出す。そのラーメンを見て、なぜか目頭が熱くなってきた。そして一口食べながら、思わず裕子の名をつぶやいた。

6

病院に行く足取りが重い。しかし、裕子のことは心配である。

健治は、最近の裕子に付いていけなくなってきていた。だからと言って、もちろん裕子を嫌いになった訳ではない。

重荷と思ったこともない。

ただ、疲れているだけなのかもしれない。

調子の良いときは、昔のままの裕子である。

明るく、いつもニコニコとしていて本当に優しいし、また良く気がつく。しかしこの日の健治は、気が重かった。

たぶんそれは、リナのことかもしれない。浮気をしているわけではないが……。

〝裕ちゃん、今日はどうかな？〟

健治はそう考えながら、一歩一歩のろのろと病室に向かって歩いていった。

「健ちゃん、今日は早かったね。昨日はごめんね、わがままを言っちゃって。ね、今日リハビリをしたんだ。ちょっと見て」

今日の裕子は、ご機嫌である。そんな裕子を見て、健治はほっとした。

「何？　どうしたの？」

「ちょっと右手を握ってみて」

健治は言われるままに、裕子の右手を握った。すると、手の中で、何かがもぞもぞと動いた。

「えっ！」

健治は驚いて、手の中を見た。

裕子はニコニコしながら、もう一度指を動かしてみせた。

「ね！　少しだけど、動いたでしょ」

一般的に脳梗塞と言えば、どちらか半身が機能しなくなると思われがちだが、裕子の場合は、核という一番厄介な場所なためほぼ全身が機能障害を起こしていたのである。だが、かろうじて左側が動いていたため、何とか食事だけはこぼしながらも自分でしていた。しかし、今日は、まるっきり動かなかった右手の指がかすかに動いたのだ。

入院をして、早二カ月になり、ようやくリハビリの効果が少しだけだが、出てきたのである。

健治は嬉しさのあまり、大きな声で裕子を「よくがんばった」と誉めていた。

看護師が、その声を聞いて、健治に声をかけてきた。

「愛している健治さんのために、裕子さんがんばっているんだもんね」

健治は、看護師の手を握って、何度も何度もお礼を言った。

その様子を裕子は、笑いながら見ていた。

面会時間が終わり、健治は病院を出た。

健治は嬉しさのあまり、そのことを誰かに話したくなって、町を歩いた。

〝これで雨でも降っていたら、映画のワンシーンのように、傘を回しながら、歌って踊りたい気分だ〟

そんな気持ちで歩いていると、一軒の居酒屋が目に留まった。

健治が暖簾《のれん》をくぐって中を見ると、見たことのある顔があった。

「おう、監督さん。どうしたんだい、こんな所に。こっちに来て座んなよ」

下請け業者の社長の坂田である。

この社長は、健治をとても気に入ってくれていた。

健治は、坂田のそばに行って座った。

「こんばんは、いつもお世話になっています。坂田さんはいつもここで飲んでいらっしゃるんですか？」

「だいたいね。で、どうなんだい、未来のかみさんは」

「はい、お蔭様で、今日、動かなかった片方の手が、少し動いたんですよ。ようやく、リハビリの効果が出てきたってところです」

坂田は、健治が嬉しそうに話しているのを聞いて応援をしてやりたくなってきていた。

「そうかー。で、退院したらどうするんだ？　仕事をしながらの在宅は、けっこう厳しいんではないかな、あの所長だと」

たしかに坂田の言う通りかもしれない。しかし、そうかと言って、愛する裕子を見捨てることは、到底できることではない。

健治はコップに注がれてあるビールに口をつけながら思った。

現在は、介護保険がある。しかし、その保険は四十歳以上でないと適用されない。裕子のようにまだ若いと、障害者支援費制度である。

しかし、この制度だと役所から派遣されるケースワーカーが、裕子にどれだけヘルパーが必要だとか、いろいろな審査をしなければ、どうなるのかわからない。まして所得の問題もある。とにかく、裕子が退院をしてからである。

そのため健治は、自分の母の妙子に頼もうと思っているのだが、父の建造が許してくれるかが問題であった。

建造は、妙子がちょっと留守をするだけでも、もう大騒ぎするほどの人である。妙子に言わせれば、あまちゃんが直っていない、ただの子供だということである。母に裕子の介護の手助けを頼むことについて、その父がどう言うかだけなのであった。

健治は坂田と飲みながら、所長に何と言って融通のきく部署への配置換えをしてもらおうかと相談をした。

「そうだな、桜木さんは住宅もできるんだから、そっちに回してもらえれば何とかなるかもしれないな。だが、あの所長がな。でも何かあったら相談に乗るからな」

坂田はそう言って、焼き鳥を口にした。

そのままどのくらい飲んでいただろうか。健治は坂田の優しさに触れ、礼を言って店を出た。

翌日健治は、所長室にいた。

「そうか！　で、住宅のほうに行きたいのか」

「はい、店舗ですと、どうしても遅くなりがちですので、住宅なら、何とか裕子の面倒をみながら仕事ができますので、すみませんが、お願いします」

「そういうことなら、しょうがないか……。でも、客によっては、店舗より厳しいぞ。できるか？　病人を抱えて」

「はい。大丈夫です」

「わかった、考えておこう」

健治は、所長室を出て、喫煙所に行った。

ポケットからタバコを取り出して、火をつけた。ソファーに腰掛け、天井に向かって煙を吐く。その吐いた煙は、まるで健治の魂が抜け、天に上っていくように見えた。

「疲れた！」

一言、呟いた。

そのとき肩を叩くものがいた。

健治は振り向いて、その人を見た。

同期の山本であった。

山本は、健治に指を差し出し、タバコの催促をした。

「ん！」

健治はタバコを渡して、火をつけてやった。

「大変だな、おまえも」

「ああ、仕方ないさ。籍に入っていなくても、女房だからな」

「しかし、偉いよ。俺だったらできないよ、たぶんな」

二人は、大学のときから一緒であった。

付き合いも長いせいか、ほとんど会話がなくても、お互いを理解し合っていた。

「所長には気をつけろよ。たぶん配置換えはしないだろう」

「分かっている。しかし、一応な」

「そうか！　まっ、何かあったら、相談ぐらいには乗るからな」

「ありがとう！」

健治は、タバコの火を消し、現場の見回りに行った。

いよいよ退院の日が近づいてきている。

病院では、裕子に療護施設への入所を勧めたが、やはり健治は自宅での療養を希望した。

確かに施設へ入れれば楽だが、裕子のことを思うと、どうしてもできるはずがなかった。

施設だと、一人の介護士が、何人もの病人を見ていると聞く。そのため、もし裕子が喉が渇いたと言っても、すぐに水分を取らしてもらえるわけではない。また、好きなものを食べさせてもらえるわけでもない。

健治は、あんなに自分に尽くしてくれた裕子に、そんな不自由な思いをさせたくはなかったのである。また、もしそのような状況に裕子を置いておいたら、体が思うように動かない苛立ちと悲しさから、考えてはいけないことを考えてしまうとも思っていた。

健治は、ヘルパーについて、病院のコーディネーターに相談をしようと考えていた。

「ねぇ、健ちゃん。もうすぐ退院だね。本当にごめんね。迷惑かけちゃって」

裕子は、退院が近づいてきたことに、喜びと不安と、健治に迷惑をかけてしまう辛さが入り交じっているような表情を浮かべた。しかし、健治とは離れたくなかったのである。

「桜木さん、ちょっといいですか」

看護師が声をかけてきた。

「はい、何でしょうか」

「裕子さんの退院のことですが、在宅に伴うヘルパーさんのことを相談しなければなりませんので、ちょうど三鷹市のソーシャルワーカーの武本さんがいらしていますから、打ち合わせしてもらえますか?」

「はい、分かりました。で、いつですか?」

「今いらっしゃるそうです、ちょっと行ってもらえませんか? 一階に相談室がありますので」

健治は、看護師に言われた通りに一階に行った。

――コンコン――

健治は、ドアをノックした。

「はい、どうぞ」

ドアの向こうから、返事がした。

健治は、緊張をしているのか、声が少し上擦っていた。

「失礼します！」

ドアを開け中に入ってみると、まだ若い女性が一人座っていた。

「どうぞ、そこにお掛けください」

その女性は、振り向きながら言った。

「桜木さんですね。ソーシャルワーカーの武本です」

「よろしくお願いいたします」

健治は、丁寧に頭を下げて挨拶をした。それを見た武本は、健治があまりにも緊張をしているようなので、少し笑ってしまった。

「すみません。あまりに緊張をしているようなので。大丈夫ですよ、そんなに緊張しなくても。もっとリラックスしてください」

健治は、そう言われても、まだ緊張をしている。

「では、今後の在宅介護のプランを立てていきたいのですが、桜木さんの希望はどうなっていますか」

「希望?」

健治は、少し考えてしまった。希望と言われても、何と言っていいのかが、分からないのである。

「ええ、例えばいつヘルパーさんに来てもらって、どんな支援をしてもらいたいかというようなことです」

「今、すぐにはちょっと何とも言えないのですが、帰ってから母と相談をしてきますので、申し訳ありませんが、明日、またいいでしょうか」

健治は、武本にプランの立て方を教えてもらい、病室に戻った。

裕子は、どんな話をしてきたのかを気にしていて、健治に聞いた。

「うん。今度退院をしたら、ヘルパーさんに来てもらうから、その打ち合わせをしてきたんだ」

「……！」

裕子は黙って、健治を見つめた。

「大丈夫だよ、裕ちゃん！　心配ないって」

健治は、裕子が自分の知らない人がアパートに来て、いろいろと面倒を見てくれるのが心配というか、気を使っていかなければならないのを切なく感じているのを見て、たまらなくなっていた。しかし、そうも言ってはいられないのが現実であり、それが、さらに健治の心を重くしていた。

「じゃっ、裕ちゃん。また明日来るからね。お休み」

健治は、そう言って帰ろうとしたが、やはり裕子は、黙ったままであった。

〝疲れた！〟

健治は、口には出さずにただそう思いながら、病室を後にした。

7

病室が賑やかである。

今日は、いよいよ裕子が退院をする。

裕子は、ようやくアパートに帰れることになって、大喜びである。そして、同じ病室の人たちは、口々に早く治るように励ましている。

しかし、病室とは実に奇妙な所である。

裕子が回復して、退院をしていくのが、悪いことをしてしまったかのような錯覚さえ覚えてしまう。

そして、この光景を見ていると、学生時代を思い出す。ちょうど、友達が転校をしていくような、また、卒業式の別れのような感覚が蘇ってくる。

健治は、裕子に会計を済ましてくると言って、一階に下りていった。階段を下りていきながら、健治は思い出していた。

裕子が倒れたあの日から三カ月。あっという間の出来事のようであった。仕事場と病院、そして、仕事の合間を縫っては、介護に関する手続きと忙しい日々。在宅看護と決めてからは、看護師に介護の仕方を叩き込まれた。食事のさせ方から始まり、体交、オムツの交換、寝巻きの着せ替えといったことを……。今思い出しても、懐かしく感じてしまう。

裕子は、みんなに「さよなら」を言っている。そして、永遠の別れのように泣いている。

「赤羽さん！」

タクシーが来た。

看護師が、運転手にここだと合図した。

「赤羽さんですね。では、少し狭いですが、こちらの寝台に移ってください。いいですか」

「はい、お願いいたします」

裕子は、少し緊張したかのように体が硬くなっていた。

「大丈夫ですよ。はい、いきますよ。一、二の三」

掛け声とともに裕子は、タクシーが持ってきた寝台に移った。

看護師は、裕子の手を握って頑張るように励ました。

8

静かである。

〝りーん、りーん〟

虫の鳴き声が聞こえる。

いつの間にか秋である。

「お帰り、裕ちゃん」

「ただいま!」

二人は、ゆっくりと言葉を交わした。

先ほどまで鳴いていた虫の音が聞こえない。聞こえてくるのは、二人の息遣いである。

健治は、そっと裕子の唇にキスをし、ゆっくりと離した。

「今日の夕方、ヘルパーさんを派遣してくれる事業所が契約に来ると言っていたけど、いい人が来てくれるといいね」

健治は、裕子に話をしていた。すると、玄関のドアを叩く音がした。

「はい、ちょっと待っていてください。今、開けますから」

健治は玄関に行き、ドアを開けた。するとそこに立っていたのは、健治の母妙子であった。

妙子は息を切らしながら、一気にしゃべりはじめた。

「早かったのね、まだ帰っていないかと思っていたんだけどね。でも、いてもたってもいられなくて、急いで来ちゃったよ」

「母ちゃん、まぁ、入んなよ」

健治は妙子に部屋へ入って落ち着くように言ったが、妙子は部屋に入るなり、裕子の顔を見るとまた、しゃべりだそうとした。

「母ちゃん、今、帰ってきたばっかりなんだから。とにかく落ち着いて、茶でも飲みなよ」

健治はお茶を一杯入れて、持ってきた。

「ありがとうね。急いで来たから喉が渇いちゃって」

妙子はよほど喉が渇いていたのか、一気に茶を飲んだ。

妙子は、言葉は悪いが、我が母ながらよく気がつくしっかりした人である。体つきは、小さいが横幅があり、がっしりとしている。本当に頼りになるといった感じであった。

「あんたが裕子さんの面倒をみると言っていたから、父ちゃんも心配してさ、あたしに行ってこいって言ってくれたんだよ」

「父ちゃんが？」

健治は、少し驚いたように聞き直した。

健治の父建造は、少し古い考えの人間であった。健治が裕子と同棲をすると言ったときに一番反対をしたのが、建造であった。

「籍にも入れずに一緒に住むとは、なんてだらしがないんだ」と言って、怒っていたのである。

その建造が、実は一番心配をしていたなんて、健治は夢にも思っていなかった。

「父ちゃん、元気かい」

「ああ、元気でいるよ。でもね、最近お酒の量が少し多くなっているんだよ」

「そうか、また酒の量が増えたのか！　母ちゃん、気をつけてやってな」

そんな二人の会話を、裕子は羨ましそうに聞き、そして自分の母と父のことを考えていた。

――ピンポーン――

玄関のチャイムが鳴った。

健治は返事をして、玄関に行き、

「少しお待ちください。今、ドアを開けますから」

健治は、そう言いながらドアを開けた。するとそこに、五十代ぐらいの女性ともう一人、三十代ぐらいの女性二人が立っていた。一人の女性が、健治を見ながら聞いてきた。

「桜木さんのお宅ですか？　私たちは、ヘルパー派遣会社から来た者で、私は田中と申します」

三十代ぐらいの女性が、挨拶をした。

健治は二人を部屋に案内して、裕子に紹介した。すると、裕子は少し緊張をしているかのように、顔をこわばらせた。

「こんにちは、裕子さん。これから、よろしくお願いしますね」

田中は裕子に挨拶をして、一緒に来たヘルパーの菊地早苗を紹介した。

「ヘルパーの菊地早苗です。これから、よろしくお願いいたします」

菊地はみんなに挨拶をして、裕子の状態を聞いた。

健治は裕子の状態を説明しながら、介護の内容を聞いた。

「朝来ましたら、まずはじめに顔を拭いて、血圧のチェックですね。そして、朝食を済ましたら、すぐには寝かせないで、少し起こしておきましょうね。あとは、家事をしておきますので」

だいたい状態をつかんだ菊地は、陰洗（陰部洗浄）をするときの道具はあるかを聞いた。

「えっ！　陰洗ですか」

健治は驚いたように、聞きなおした。

菊地は陰洗の説明を健治にして、洗剤の空容器の用意をしておくように言った。

こうしてみると、裕子が病院にいる間にいろいろと看護師から教えてもらったつもりでいたが、健治はまだまだやることがたくさんあるのには、少し驚いていた。

「ところで、すみませんが受給者証が市役所から届いていると思いますが、拝見してもよろしいでしょうか」

「あっ！　はい。これでしょうか？」

言われて健治は持ってきた。

「はい。それです。では、ちょっと拝見させてもらいます」

田中は、受給者証を開いて見た。

「身体が、六十七・五時間ですね。あとは、家事援助が二十七時間ですね。けっこう取れましたね。ではこれに基づいてのプランを立てていきたいと思いますが……。何か特別にしてもらいたいことはありますか?」

田中は、気をきかして聞いてくれたが、だからと言って余計なことをお願いしてはいけない、と病院から聞いていた健治は、大丈夫だと言って、裕子のことだけをお願いした。

「分かりました。では明日から伺いますので、よろしくお願いします」

二人は健治と母の妙子にそう言うと、裕子のところに行き、明日から来ることを言って帰っていった。

裕子は自分の認定が五だとしても、それだけにまた、人に頼っていかなければならないことを思うと、どうしても情けなさを感じ、気分が暗くなってしまった。いろいろと話を聞いて、契約を交わし終わったのが夜の七時であった。

健治は夕飯を作ろうと思い、台所に立った。それを見た妙子は、驚いたように健治に聞いた。

「健治、おまえ食事の支度できるのかい?」

「大丈夫だよ。少しぐらいなら裕子の手伝いをしていたから、心配しないで待っていな」

健治は、自信を持って言った。だが、冷蔵庫を開けてみると、何も入ってはいなかった。

その様子を見ていた妙子は、裕子を見て聞いた。

「本当に大丈夫なのかい？」

裕子は、笑って頷き、健治に言った。

「やっぱり家はいいね、健ちゃん」

その一言に妙子も安心をして、家に電話をかけた。

「父ちゃん。今日こっちで健治の料理を食べていくから、悪いけど勝手にあるもので済ましてちょうだい。どうせ父ちゃん飲むだけだろ、じゃ頼んだよ」

あっけらかんとして、妙子は電話を切り健治を見た。

健治は、スーパーで買い物をしてくると言って出ていった。

考えてみれば、裕子が入院をしてからというもの、家でご飯を食べたことがなかった。

健治は、久しぶりに裕子と食事ができると思うと嬉しくてしょうがなかった。買い物を済まして、家に帰ってみると妙子が裕子に何か言っている。しかし、裕子は嬉しそうに妙子の話を聞いていた。

「何を話していたの？」

健治は、そばに行って聞いたが、裕子は秘密だと言って教えてくれない。そんな裕子を見ていると、妙子と仲良くやっていけそうだと思い、健治は嬉しかった。

妙子は、健治の買ってきた材料を見て掛け声とともに立ち上がった。

「健治、今日は特別に母ちゃんが作ってやるから休んでいな。裕子さん、安心して私に任せなさい。なんと言ったって、この健治を育ててきたんだ、その健治の嫁さんは、あたしの娘と同じだからね。大船に乗ったつもりでいてね」

妙子は、そう裕子に言いながら鍋を火にかけた。

「ありがとう、お義母さん」

裕子は、妙子の背中を見ながら呟いた。

9

朝の八時である。
今日からヘルパーの菊地が来てくれる。
――ピンポーン――。
チャイムが鳴った。
「お早うございます。今日からお願いします」
菊地は、健治に挨拶をして、裕子のところに行った。
「お早うございます。今日からよろしくお願いします。どうですか裕子さん。昨日は、久しぶりの家で眠ることができましたか？」

「はい、しっかりと眠れました。菊地さん、今日からお世話になりますね」

裕子は、菊地に笑顔で答えた。

「では、朝食の支度をしますので、ちょっと待っていてくださいね」

菊地は、裕子にそう言って台所に行き、食事の支度を始めた。

健治は、菊地のやることを黙って見ていた。すると、実に手早く朝食の支度をし、そして裕子の顔を、熱いタオルで拭いた。さすがに手馴れたものである。

「では、起きてご飯にしましょうね」

ベッドを動かし、裕子の体を起こした。

ベッドは、電動でリモコンによって操作した。そのとき、裕子の体が下に滑っていって、きちっと起きられないかなと思って見ていると、滑ることなく、きちっと起こすことができた。

「大丈夫ですか？　痛いところはありませんか？」

菊地は、裕子の体を動かすたびに声をかける。そして、裕子が辛くないかどうかを、一つ一つ確認をして介助をしていく。

「大丈夫です」

「では、まず口をすすぎましょう」

菊地は、吸い飲みを使い裕子に水を与えた。

裕子は、口をすすいだ。

「では、食事にしましょうね」

健治は、裕子の朝食のメニューを見た。

まず玉子焼きがある。玉子焼きは、半熟のようにフワッと仕上がっている。そして次に焼き魚、鮭である。鮭は、細かくフレーク状態になっていた。

菊地は、食事をさせながらでも声を掛けていた。

そのときである。裕子は、急に噎《む》せはじめて咳をしている。顔を真っ赤にし、今にも息が止まりそうな状態であった。しかし、菊地は落ち着いていた。

「大丈夫ですか？　すみません、健治さん。裕子さんは、嚥下《えんげ》障害でしょうか？」

菊地は、健治に聞きながら裕子の首の下あたりを叩きはじめた。

「はい！」

昨日健治が裕子に食事をさせたときは、噎せもせずに食べることができたのだが——。

「裕ちゃん、昨日は噎せずに食べられたのにね」

裕子は、咳も治まり呼吸が戻っていた。

「うん、ごめんね。ちょっと緊張しちゃったかなー」

裕子は、笑いながら心配はないといった顔で答えた。しかし、食事を与える側としては怖いものがある。

「では、水分補給は、どうしましょうか？　水にとろみをつけるものがありますか？」

菊地に言われ、健治は用意をしていなかったためどうしたものかと困ってしまった。

そのとき、玄関のドアが開く音がした。

妙子が息を切らせながら入ってきたのである。

「健治、ゼリーを作ってきたよ。良かった、間に合ったみたいだね。水のゼリーだから大丈夫でしょ。近所の年寄りがさ、やっぱり寝たきりなもので聞いてきたんだよ。そしたらね、こういうゼリー状でないと、飲むことができないって言うじゃないか。たぶん裕子さんも同じ病気だから、これでないと駄目だと思ったんだよ」

妙子は、息を切らせながら一気にしゃべった。

――介護――

健治は、簡単に考えていた。

実際に、裕子の介護をしはじめてこんなに難しく大変なことだとは思っても見なかった。

食事一つとっても、一つ間違えれば大変なことである。

今のようにもし食事中に噎せ、食べ物が気管から肺にでも入ったなら、それが菌を生み、肺炎になり、命取りになってしまうのである。そのようなことを考えると、実に恐ろしいものである。

「しかし、慣れたものだね。やっぱりプロだわ」

妙子は、感心をしながら見ていた。

裕子の食事が終わると、菊地は片付けはじめた。そのときでも、裕子の様子を見ながら仕事をしている。

「大丈夫ですか？　もし疲れたら言ってくださいね」

菊地は、片付け物が終わるとまた裕子の様子を見た。そして、また大丈夫かどうかを確認すると次の仕事に移る。

一時間ほど経ったであろうか、菊地は裕子を寝かせ、そしてまた聞く。

「どこか痛いところはありませんか？」

裕子は、菊地を見ながら答えた。

「はい、大丈夫です。ありがとうございます」

その様子を見て、健治と妙子は、ただただ感心をするばかりであった。

裕子は疲れているのか、すぐにまた寝息を立てて眠ってしまった。

「裕ちゃん、病院ではあまり眠れなかったみたいだね」

「そうだろうね。やっぱり家に帰ってきて、ほっとしたんだろう。寝かしておいてやりな」

健治と妙子は、裕子を見ながら話していた。

菊地は、掃除、洗濯と終わらせて、昼食の準備にかかっていた。

「しかし、母ちゃん。たいしたものだね。僕たちもよく見ておいて、覚えないとね」

「そうだね。家でも父ちゃんが、いつ倒れるか分からないものね」

妙子は、しみじみそう思って見ていた。

「では、終わりましたので、今日はこれで帰らせていただきます」

菊地はそう言うと、裕子のところに行って顔を見た。しかし裕子はよく眠っている。

「裕子さんは、よく眠っていますので挨拶をしないで帰りますが、また明日来ますのでよろしくお願いします」

菊地は、健治に言って帰っていった。

時間は、ちょうど四時間経っていた。

10

裕子が退院してから、久しぶりの出勤である。

健治は、吉祥寺から中央線で八王子に向かっていた。都心とは反対方向のためか、電車は空いている。

健治は、座席に座るなり居眠りを始めた。疲れていたのであろうか、高校生たちがどかどかと乗り込んできた。しかし、眼を覚まさずに眠っていた。

「次は、八王子、八王子でございます」

アナウンスが、車内に流れた。

不思議なもので、あんなにうるさくても眼が覚めずに眠っていたのに、降りる駅のアナウンスが流れると目が覚めるものである。

「もう八王子か」

健治は、眼を覚まし、少しのびをした。

電車は八王子に止まり、健治は降りてプラットホームに立った。

ここのところ、仕事を休みがちであったためか、健治は少し気が重かった。

事務所は、駅から少し離れた所にある。

健治は、一歩一歩歩きながら覚悟をしていた。

事務所の前にたどり着いた健治は、大きく深呼吸をして扉を開けた。

「お早うございます」

その声に、みんなはいっせいに健治を見た。どうやら、あまり好ましくない状態のようである。

健治は、覚悟を決めて所長室に挨拶に行った。すると所長は、健治を見た。

所長は、裕子の具合を聞き、そして一言言ってきた。

「そうか、じゃあ君が彼女の面倒をこれからずうっと見ていくのか、大変だな」

「はい、自分の女房にしようと思っている人ですので」

健治は、所長の態度がいつもと違うことに気がついていた。

「まぁそれは君の勝手だが、病人を抱えていて仕事ができるのか？　会社としても、君の彼女の都合でこう休んでばかりいられては困るんだがな」

健治は、来たかと思った。

「はい、しかし彼女の面倒を見るのも、私の務めだと思っていますので、会社にはなるべく迷惑をおかけしないようにと思っているのですが」

「かけないつもりと言っているが、実際に、何日休んでいると思っているんだ。だいたいなんで君が、彼女の面倒を見なければならないんだね。彼女の親兄弟はいったい何をしているのかね。まだ籍にも入っていないんだろ。だったら彼女を実家に帰してやったほうが、彼女のためにも、君のためにもいいんじゃないか?」

所長は、健治にこんこんと言って聞かせようとした。だが健治にしてみれば、だれが裕子の面倒を見るかは自分が決めなければならないと思っていた。また、籍に入っていようがいまいが、自分が愛し、そして結婚をしようと思っている人を、ただ病気になり手がかかるようになったからと言って、実家に帰すようなことは、裕子が自分に今まで尽くしてくれたことを考えると、とてもできることではなかった。

「桜木くん、とにかく彼女の実家に連絡を取って話し合いなさい。会社としても、君を遊ばせて給料を払っていくほど余裕はないんだからな」

健治は、その一言でつい我を忘れてしまった。そして健治は、ついに言ってしまった。

「はい、たしかにそうですね。でも私としては、病気になり、お荷物になったからと言って邪魔にし、すぐに実家に帰すような非人道的なことだけはしたくありませんので。所長、今までどうもありがとうございました」

健治は、唖然としている所長に背を向けて部屋を出ていった。

「まいった」

小さな声で一言呟いた健治は、喫煙所に行ってタバコに火をつけた。

一服しながら外を眺めていると、同期の山本が健治のそばに来た。そして、自分もタバコに火をつけて大きく煙を吐いた。

「言っちゃったな」

山本は、一言言って健治と一緒に外を眺めている。

「ああ！」

健治も簡単に返事をした。

まるで時間が止まったかのように、二人は黙ったままタバコを銜《くわ》えていた。

一本吸い終わった健治は——、

「じゃ、元気でな」

山本の肩を叩いて外へ出ていった。

事務所には、自分の備品を置いていない。

健治は、このまま事務所に戻る気はなく、ただ歩いていた。

少し歩いていくと、公園があった。

その公園は、ブランコと滑り台があるくらいの小さな公園である。

健治は、ベンチに腰掛け、またタバコを出した。

その公園では、子供たちがブランコで遊んでいる。そしてお母さんたちは、おしゃべりを楽しんでいた。

健治は、取り出したタバコに火をつけて、遠くを見ている。

本当ならば、裕子も数年先にはこうして近所のお母さんたちとおしゃべりを楽しみながら、子供を遊ばせていただろうなと思いながら、タバコの煙を吐いた。

そのときである。肩を叩く者がいた。

健治は驚いて振り返って見ると、あの坂田が笑って立っていた。

「桜木さん、よく言ったな。聞いていて気持ちが良かったよ。あの所長、桜木さんが出ていったらみんなに当り散らしていたぞ」

坂田はポケットから缶珈琲を取り出し、一本健治に渡した。

健治は頭を下げ、その珈琲をもらうと飲みはじめた。

「今は、不況で仕事が少ないから俺も黙って仕事をしているが、あの所長はどうも気に入らなかったんだ。桜木さん、どうだいうちに来ないか？　あまり給料は出せないが」

坂田は、健治の隣に座り、珈琲を飲みながら聞いた。

確かに、今失業のままではヘルパーの料金も払えない。それどころか、アパートの家賃さえ払えなくなってくる。健治はまた、タバコを銜えて考えていた。

「住宅のリフォームなら、ある程度時間の調整がうまくできるんじゃないか？　まあ桜木さんの腕次第だけど」

坂田は、公園で遊んでいる子供たちを見ながら言った。

「ありがとうございます。お言葉に甘えてやらせてもらいます」

健治は、坂田の気遣いがとてもありがたく思い、坂田に使ってもらうことにした。

「では、明日からでも事務所のほうに来てもらえるかな。助かったよ」

「いえ、こちらこそ助かります。では、明日から伺いますのでよろしくお願いします」

「じゃあ、明日八時に頼みますね」

坂田は、そう言ってベンチから立ち上がり帰っていった。

自分は、甘かったのだろうか？　学校を卒業し、事務所に勤めてからというもの、自分のことよりも仕事を第一に考えて働いてきたつもりでいた。時には、何日も徹夜をし、無理な工期にも間に合わせたりもしてきた。だから、このような事態になったときぐらいは、所長も分かってくれると思っていた。戦力にならなくなったとは言え、いとも簡単に辞めることを承諾するとは思ってもみなかったのである。

しかし、世の中とは不思議なもので、捨てる神あれば拾う神ありとよく聞いていたが、本当にそうだなと思った。

公園は、いつの間にか静かになり、誰もいなくなっていた。

時計の針は十二時を指していた。

11

早いもので、裕子が退院をしてから、もう二年が経とうとしていた。しかし、回復の兆しが一向に見えない。

健治も介護にはだいぶ慣れて、今では下手なヘルパーよりも手際良くなっていた。だが、裕子のほうは諦めてしまったかのように、今ではリハビリも、自分からはしようとさえしなくなっていた。

それどころか、昼間でも眠りたいときは眠ってしまうためか、夜は寝ずに起きていることもある。

「健ちゃん、もう寝るの?」

「うん、もう一時になるからね。あすも仕事があるから寝るよ。でも何かあったらベルを鳴らしてね。お休み」

健治は隣の部屋に行き、床に就いた。しかし、ベッドに入ったかと思ったらすぐにベルが鳴る。

健治は、すぐに起きて裕子のところに行った。

「どうしたの？　裕ちゃん」

「お尻が痛い」

長く寝ているせいか、尻の肉がなくなり仙骨が出てきている。

「じゃあ少し体交をしようね」

裕子を横に向かせた。

「どうお、大丈夫？」

「うん、ありがとう」

健治は、また隣の部屋に行きベッドに入る。だが、一分もしないうちにまた呼ばれる。

今度は、足が痛いと言う。

こんなことを一晩中繰り返すこともあった。

しかし、それでも朝には、仕事に行かなければならない。

退院してきた当時は、まだ自分から少しでも動かせる手を動かしてみたり、また、食事が終わった後もできるだけ起きていようとしていた。あるとき裕子は、自分から車椅子に乗ってご飯を食べるとも言ったりしていたのだが、やはり回復には時間がかかる。なかなか言うことを聞かない自分の体に嫌気がさしてしまったのか、それとも諦めてしまったのか、今では、自分から起きようとしなくなってしまっていた。それどころか健治に頼りっぱなしになっている。そのため健治は、すっかり寝不足になっていた。

坂田は、たまに様子を聞いては健治を心配してくれた。

「どうだい彼女は？」

「ええ、相変わらずです。でも、体が動かないだけで、後はもう元気です」

「そうか、でも無理はするなよ。今日の打ち合わせは何時からだ？」

予定表を取り出してみる。すると、午後の二時にお客さんの家に行くようになっていた。

「二時ですね」

「では、大丈夫だな。頼むよ」

坂田は、健治にそう言うと事務所を出ていった。

健治は、午前中に現場回りをしてこようと思い、車で出かけた。

道が混んでいる。

健治は、車内に流れているラジオを何気なく聴いていた。

車の中に一人でいると、いろいろと考えるものである。

朝の六時――。

目覚ましが鳴り、健治は重い体を起こし、タバコに火をつけた。

「六時か！」

一本吸い終わり、目が少し覚めたところで珈琲を沸かす。珈琲が沸くまでに顔を洗い、さっぱりしたところで裕子の様子を見る。

「まだ眠っているな」

健治は、玄関に新聞を取りにいき、沸いた珈琲を一杯飲んでいた。そのときである。

――ピンポーン――

ベルが鳴った。

健治は、飲みかけの珈琲をテーブルに置き、裕子のところに行った。

「目が覚めた？　調子はどうお？」

健治は、裕子の顔を覗き込むように聞いた。

「お早う。大丈夫だよ」

しかし、裕子の目はどこか虚ろである。

健治は、まだ寝ぼけているなと思いながら、また珈琲を飲み新聞を読んでいた。

すると、急に大きな声で裕子が叫んだ。

「寂しいよう！」

その声に驚いた健治は、すぐに裕子のところに行った。

「何？　どうしたの裕ちゃん」

裕子は黙って天井を見ている。

その表情は、何かを睨んでいるようであり、また、思いつめているようでもあった。

健治は、ただ黙って裕子を見ていた。

今度は、急に泣きだした。そして大きな声で——、

「健ちゃん、健ちゃん！」

「裕ちゃん！　どうしたの？」

健治は、あわてて聞いた。

すると裕子は、健治を見ている。

「なんでもない」

「本当？　大丈夫？　びっくりしたよ」

「ごめんね、ただ寂しかったの。だって健ちゃん、もう仕事に行くんでしょ」

健治は、裕子に言われて時計を見た。すると針は、七時を指していた。

「そうだね、もう七時だから行かなければ。大丈夫？」

「大丈夫じゃないけど、しょうがないよね。早く帰ってきてね」

なんか、裕子の様子が気になっていたが、健治は早く帰ってくることを約束して、家を出てきた——。

現場では、職人たちが健治の来るのを待っていた。

健治は、職人たちに一通り仕事の説明をし、また次の現場に向かった。

一通り現場を回り終わると、健治は昼食をとった。

午後の一時である。打ち合わせの時間にはまだ早い。健治は、喫茶店で珈琲を飲みながら少し休んだ。

昔、喫茶店で良く裕子とデートしたことを思い出していた。健治は、いつもブラックであった。すると裕子は、心配そうに健治を見て言う。

「ブラックは、胃に悪いわよ」

本当に、良く尽くしてくれていたなと思う。

時間かなと思いながら健治は、時計を見た。

打ち合わせの時間であった。

健治は客の家に行き、打ち合わせを始めた。

「見積書でございます」

客に、見積書の内容を説明する。しかし、なかなか客には通じず時間だけが過ぎていく。

〝やばい！〟

健治は、何気なく時計を見た。すると、もう四時を回っていた。

このままでは到底五時には終わりそうもない。

健治は、内心焦りはじめていた。

今朝、家を出てくるときに約束をしている。

「早く帰ってくるよ」

そう言って出てきたのである。

健治は客に断り、妙子に電話をした。

「母ちゃん、悪い。仕事が長引きそうなんだ。アパートに行ってもらえるかな」

妙子は、気持ちよく引き受けてくれた。

「じゃ、私これからすぐに行ってみるよ。何時に帰ってこれそうだい？」

「まだ何とも言えないけど、七時には戻れると思うんだ。じゃ、頼んだよ」

妙子は急いで支度をし、アパートへ行った。

するとまだ、ヘルパーが夕食の用意をしていた。

「どうもお世話になります」

妙子は、ヘルパーに挨拶をして裕子の顔を見た。

「どうお、裕子さん？　具合のほうは」

「はい、大丈夫です。お義母さんありがとう」

裕子は、妙子にお礼を言っただけで黙ってしまった。

その様子を見た妙子は、おかしいなと思いながら裕子の顔を見た。

裕子は、何かをじっと見つめている。その表情は実に険しい。

妙子は、裕子の険しい顔を見るのはこれが初めてであった。

裕子は、突然妙子に向かって言った。

「健ちゃん、あたしより仕事のほうが大事なのかな？　早く帰ってくると言っていたのに」

「えっ！」

今の言葉を聞いて妙子は、今まで見てきた裕子ではなく、まるで別人のような態度に驚いた。

〝どうしようか？〟

妙子は、何も言わずに裕子の様子を見ることにした。

夕方の六時を回った。

ヘルパーは、仕事を終わらせて帰っていった。

裕子と二人きりである。

今日の裕子では、空気が重い。

健治から聞いてはいたが、こんなに変わっていようとは思ってもみなかったのである。

「健ちゃんまだ帰らないの？」

「七時までには帰ると言っていたから、もう少し待っていてね。ご飯食べる？」

妙子は、優しく言い聞かして、夕食を食べさせようとしたが、健治と食べると言って聞かなかった。

いったい、どうしてしまったのであろうか？

妙子は、テレビをつけることにした。

テレビでは、ニュースをやっている。

今は、不景気のせいか犯罪が多くなっている。そのニュースを見て裕子は、健治を心配している。

「健ちゃん大丈夫かな？　今は犯罪が多いから、強盗に襲われたら大変だよ。お義母さん、健ちゃんに電話をして」

一生懸命に心配をしている。

妙子は、裕子に合わせて話を聞いていた。

時計が七時の時報を打った。

「もう七時だよ」

心配そうに、また裕子が言ったところで玄関のドアが開いた。

健治が帰ってきたのである。

裕子は健治が帰ってくるなり、何かを抑えきれなくなったかのように怒りだした。

「遅い！　早く帰ってくると言っていたじゃない。もうあたしなんか愛していないんでしょ。仕事、仕事で」

大きな声で泣きだした。

その様子を妙子は、黙って見ている。

「ごめんね。そんなことはないよ。今でも裕ちゃんが一番だよ。さっ、ご飯にしよ」

健治は、裕子を起こしてご飯を食べさせようとした。しかし、裕子は固く口を結んで食べようとしない。

「どうしたの？　食べよ」

裕子はようやく口を開いた。だが、その口を開いたのは、ご飯を食べるためではなく聞きたくないような言葉を言うためであった。

「私、いらない。みんなに迷惑をかけてばっかりで、早く死んだほうがいいから」

健治と妙子は、今の言葉で息を呑んだ。

こんなに悩み苦しんでいたのか。

やっぱり毎日が辛いのであろう。

今まで人一倍に働き、健治に何も言わずに尽くしてきてくれた。しかし、自分が病気になって何もできなくなり、愛している健治を困らせている。自分への苛立ちとこれから先への不安、いろんなことで裕子は、精神的にも崩れはじめていたのかもしれなかった。

健治は、仕事先での面白かったことや、冗談を言って裕子を笑わそうとした。そしてようやく裕子は、気を落ち着かせて夕食を食べた。

翌日、妙子から電話があった。

「何?　どうしたの?」

昨日のことであろうことは、健治も察しがついた。

「ちょっと話があるんだがね。昼間時間を作れないかい」

「わかった。昼、一緒にご飯でも食べながらでどうだい」

妙子は、昼に行くことを約束して電話は切れた。

八王子に、妙子と約束した時間より早く健治は来ていた。

駅では、平日だというにも拘わらず、人が雑踏している。

妙子は、時間通りに駅に来た。

「ご飯にしようか」

健治は、妙子を連れて軽食のとれる喫茶店に入った。

店の中では、バラードが流れ、落ち着く感じの店である。

「お決まりになりましたら、お呼びください」

ウエイトレスが、水とメニューを置いていった。

二人は、珈琲とスパゲティーを頼み、そして水を一口飲んだ。

健治は、タバコに火をつける。

妙子は黙って健治を見ている。

「お待ちどおさまでした」

ウエイトレスが、スパゲティーを運んできた。

二人は、相変わらず黙ってそれを食べはじめる。

妙子は、スパゲティーを食べながら、なんて切り出そうかと思っていた。

その様子を見て健治は、自分から話しはじめた。

「母ちゃん、裕子は施設に入れないよ。どんなに大変かは、もう二年もやってきて十分に分かっている。母ちゃんには、苦労かけてすまないと思っている。自分でもわがままを言っているのかもしれないことは、十分にわかっているつもりだけど、でも、裕子は籍には入っていないだけで、自分の女房だと思っている。その女房を施設に入れることだけはしたくないんだ。すまないがわかってほしい」

「そうかい、じゃ何も言わないよ。でも、決して無理はするんじゃないよ」

健治は、珈琲を飲みながら、またタバコに火をつける。

「今日は、早く帰ってこれるのかい?」

「うん、大丈夫。六時までには帰れるから」

妙子は、健治の優しさが自分自身を追い詰めなければいいがと思いながらも、店を出た。

健治は、また現場に戻りながら考えていた。

元気だった人が、何かの理由で動けなくなってしまったら、まずはじめに考えることは、苦しまずに死ねる方法だという。しかし、たとえ五体満足と言っても、体が自由に動くというだけで、人の助けを借りずに生きてはいけないものである。

健治は裕子の病気で、人の親切とありがたみ、そして本当に人は、一人では何もできないことを教わったのである。そして、誰がなんと言っても自分が最後まで裕子の面倒を見ていくことを、改めて決心した。

今日は、仕事も早く終わり五時には家に帰ってきた。

裕子は、早く健治が帰ってきたのをすごく喜んでくれた。

健治はほっとして、冷蔵庫からビールを一本持ってきた。

テレビをつけて裕子と一緒に見る。

そのとき裕子は、健治に聞いてきた。

「明日は何時に行くの？」

その言葉に健治は思った。

〝これだ！〟

健治は、裕子にも自分と生きていく何かを与えられると思ったのである。

「うん、裕ちゃん、明日は、ちょっと早いんだ。悪いけど、朝五時半になっても起きてこなかったら起こしてくれるかな」

すると裕子は、嬉しそうに引き受けてくれた。

二人が食事を済まして、テレビを見終わったのは、夜の十一時であった。

健治は、裕子を見て、

「じゃあ、頼んだよ」

健治は、そう言って隣の部屋に行きベッドに入った。しかし、いつものようにまたベルが鳴る。やはり寝つけたのは、夜中の一時過ぎであった。

朝の五時半である。

健治は、起きていた。しかし、ベルが鳴るまで、タバコを吸って待っていた。

ベルが鳴った。

五時三十五分である。

健治は裕子のところに行き、顔を見た。

今日はしっかりした顔つきである。

「お早う。どうお？　大丈夫？」

裕子は、大丈夫だと言った。そして、健治に聞いた。

「時間、大丈夫？」

「うん、大丈夫だよ。起こしてくれてありがとう」

しっかりした口調で、裕子は健治に言った。

「朝早いから気をつけてね」

このような単純なことでも、自分が健治の役に立ったということが、裕子をこんなに変えてしまうものなのかと、健治は驚いた。

それからというもの、裕子は死にたいという言葉を言わなくなっていた。それどころか、自らリハビリをするようになってきた。

まず、リハビリ専門の看護師の言うことを聞いて、声を出す練習、少しでも動かせる左手で、積み木をしたり文字を書く練習といったことを率先してやるようになったのである。

また、ある朝のことであった。

健治はよほど疲れていたのか、本当に寝坊をしてしまった。そんなときに限って裕子も寝坊をしてしまったのである。

健治は、急いで支度をして裕子のところに行った。

「裕ちゃん、お早う」

裕子は、時計を見て寝坊したことを知った。

「ごめんね、寝坊しちゃった」

健治は、本当は怒っていなかった。しかし怒ったふりをした。

「大丈夫？　間に合う？」

裕子は、申し訳なさそうに言って健治を見る。

「大丈夫、急いで行くから。じゃあ、行ってくるよ」

健治は、急いで出かけていった。

傍から見れば。健治はなんて子供なんだろうと思うかもしれない。だが、こんな些細なことが二人の絆をいっそう固くしたのである。

裕子は朝、健治を起こし、そして言葉だけだが世話をやく。裕子にとって毎日が充実しはじめていた。

自分が病人であるということを、忘れてしまったかのように裕子は明るくなっていた。また、リハビリの成果も出はじめたのか、なんとか左手でスケジュール表を作ることができるようになってきていた。

健治は、仕事のスケジュールを裕子に言い、そして裕子は、そのスケジュールを覚え、スケジュール表を作る。

朝は健治を起こして、今日の行き先を言う。また、仕事の内容も健治に教える。

すっかり裕子は、健治のマネージャー的な存在になっていた。

おかげで、健治も楽になる。

ある朝のことである。

いつものように裕子は、時間が来るとベルで健治を起こし、そして今日の仕事の内容を言った。

「健ちゃん。今日から三鷹の現場に、左官屋さんが入るんだよ。墨だしは、終わっている？」

「うん、大丈夫。昨日出しておいたから」

健治は裕子に言い、そしてキスをした。

「健ちゃん！　こんなになってしまったけど、今でも愛している？」

裕子は、健治を見つめて聞いた。

健治は、微笑んで頷いて——。

「うん、愛しているよ。これからもずうっと裕ちゃんと一緒だからね」

二人は、裕子が元気だったときよりも、お互いの絆がもっと強くなったことを実感していた。

著者プロフィール

採 恵末（さい めぐみ）

本名・清水 昌明（しみず まさあき）
1958（昭和33）年、三鷹市に生まれる
1975（昭和50）年、東京工業高等学校建築科卒業
1989（平成元）年、勤めていた工務店を退社し、独立

まだ愛してくれますか

2003年10月15日　初版第1刷発行

著　者　採 恵末
発行者　瓜谷 綱延
発行所　株式会社文芸社
〒160-0022　東京都新宿区新宿1－10－1
電話　03-5369-3060（編集）
03-5369-2299（販売）

印刷所　神谷印刷株式会社

ISBN4-8355-6367-0 C0093